OBSERVATIONS

SUR

PLUSIEURS LETTRES INÉDITES

DE

FRANÇOIS ET HENRI,

DUCS DE GUISE,

PAR M. BERRIAT-SAINT-PRIX,

LUES A LA SOCIÉTÉ ROYALE DES ANTIQUAIRES DE FRANCE, LES 19 ET 29 MARS 1822 ; ET IMPRIMÉES EN VERTU DE SES DÉLIBÉRATIONS, DANS LE TOME QUATRIÈME DE SES MÉMOIRES.

PARIS,

DE L'IMPRIMERIE DE J. SMITH.

1822.

OBSERVATIONS

SUR

PLUSIEURS LETTRES INÉDITES

DE

FRANÇOIS ET HENRI,

DUCS DE GUISE.

~~~~~~~~

Claude de Lorraine, comte de Guise, après avoir disputé inutilement la souveraineté de la Lorraine à Antoine, son frère aîné, qu'il prétendait n'être pas légitime, vint s'établir en France, où il possédait d'ailleurs plusieurs terres, au commencement du xviᵉ siècle, avec Jean son autre frère. (Voy. *Varillas*, *dans Bayle*, au mot *Guise* (*Claude de*), note A.)

Celui-ci devint cardinal et obtint plusieurs archevêchés et évêchés, et un grand nombre d'autres bénéfices.

Claude parvint aussi à des emplois considérables, et l'on érigea en sa faveur, en 1527, le comté de Guise en duché-pairie, chose qu'on ne faisait ordinairement, disent les historiens, qu'en faveur des princes du sang. —Voy. *Valincourt, Vie de François de Lorraine, duc de Guise*, 1681, *pag.* 2 ; *Anselme, Généalog. de la Maison de France*, tom. 3, *pag.* 478.

François Ier, principal auteur de la fortune de cette maison, conçut ensuite de la méfiance pour elle. On assure, 1° qu'en mourant il recommanda à son fils Henri II de prendre garde à l'ambition des Guises, et de ne pas leur accorder de l'autorité. — (Voy. *Bayle, ibid., note* B; *Mémoires de Condé, édition de Lenglet,* T. I, pag. 500); 2° qu'il ne souffrait pas qu'on leur donnât et qu'ils prissent en France le titre de prince, qui alors était censé n'appartenir qu'aux membres de la famille royale. On vit même Pierre Lizet, premier président du parlement de Paris, défendre à un avocat d'un des Guises de leur donner cette qualité en plaidant, et la faire effacer des registres. — Voy. *La Place, Commentaire de l'état de la religion sous Henri II, François II et Charles IX,* 1565, *fol.* 65; *Bayle, ibid., note* C ; *et ci-après notre Appendice,* § Ier, n° 8.

Henri II aurait pu profiter de la leçon de François Ier. En 1547, époque de son avénement au trône, Claude et Jean de Lorraine étaient fort âgés ; à leur mort, qui survint au bout de deux ou trois années, en 1550, il lui eût, par exemple, été facile de trans-

Toutefois, diverses circonstances purent leur faire naître cette idée; 1 et 2. L'aîné (depuis Charles IX) des trois frères du roi n'avait que huit ou neuf ans, et un propos indiscret attribué au connétable de Montmorency avait dû jeter quelques doutes sur leur légitimité; 3. Le chef de la branche de Bourbon était Antoine, roi de Navarre, prince sans talens et sans caractère, et dont les Guises surent en effet dans la suite faire un des plus fermes soutiens de leur cause.

Les calvinistes, il est vrai, pouvaient présenter un appui aux Bourbons et se rallier sous les étendards du frère puîné d'Antoine, Louis prince de Condé, homme très-valeureux et dont la fougue imprudente était tempérée et guidée par les avis du sage amiral de Coligny.

Mais, pendant que les deux frères Guise avaient dirigé toutes les affaires du royaume, il leur avait été facile de reconnaître combien le parti protestant était inférieur en nombre et en crédit au parti catholique..... En le privant d'ailleurs de son chef le plus redoutable, il était permis d'espérer qu'on le soumettrait sans beaucoup d'efforts, et l'on sait que, sans la mort inopinée de François II (5 décembre 1560), Condé, quoique second prince du sang de France, aurait porté sa tête sur un échafaud. — Voy. *La Place*, *suprà*, *fol.* 116 *et suiv.*; *Garnier*, *tom.* 28, *p.* 544 *et suiv.*

Les lettres autographes et inédites du duc de Guise, que nous soumettons à la société (Voyez-en *le texte ou l'extrait, ci-après à l'Appendice, §. 1*), tendent à donner quelque poids à ces considérations, que nous ne présentons au reste que comme des conjectures.

Une première chose frappe à l'aspect de ces lettres, c'est leur signature. Toutes les trois portent pour souscription le simple nom de baptême du duc, c'est-à-dire FRANCOYS. — Voy. d. *Appendice*, § Ier, n°s 1, 2 et 7.

Cependant il est d'usage, depuis bien des siècles, que les seuls souverains et les membres de leurs familles emploient une semblable signature ; encore cela ne s'applique-t-il point aux parens éloignés, puisque, dans leur signature, ils ont soin de joindre le nom de leur branche à leur nom de baptême, comme on le voit au siècle des Guises, dans celles des princes de la branche de Bourbon, qui, à l'exception d'Antoine, que sa qualité de roi de Navarre dispensait de ce soin, signent Louis de Bourbon, François de Bourbon, etc... Si les Guises faisaient partie de la famille régnante en Lorraine, ils s'étaient constitué les sujets du roi de France, en se faisant naturaliser Français (en 1506... Voy. *Anselme*, *suprà*, tom. 3, p. 485), et en acceptant de lui des emplois. Ils avaient donc dû dès-lors abandonner le mode de souscription propre à des souverains, ou à des princes de familles souveraines.

C'est en effet ce qu'on voit dans beaucoup de lettres autographes des Guises recueillies dans les manuscrits de Gagnières et de Béthune. Ils n'y signent pas, il est vrai, de leur nom de dignité, mais ils ajoutent toujours à leur prénom leur nom de famille.

Ainsi le duc d'Aumale signe Claude de Lorraine ; le marquis d'Elbeuf, René de Lorraine ; le duc de Mayenne, Charles de Lorraine ; son frère, le fameux balafré, Henri de Lorraine ; le comte de Vaudemont, Nicolas de Lorraine, etc. — Voy. *mss. Gagnières, vol.* 348, *fol.* 31, 35, 55 à 61, 87 à 95, 151, 157, 169, etc.

Mais ce qu'il y a de plus singulier, c'est que le même François de Guise, dans les lettres autographes conservées également par les manuscrits de Béthune, signe aussi, ou *Françoys de Lorraine* tout au long, comme dans les lettres (1) des 15 octobre 1560 et 12 novembre 1561 (*d. mss., vol.* 8674, *fol.* 60, *et vol.* 8675, *fol.* 12) ; ou bien *Françoys de Lor*^{ne}, par abréviation du mot *Lorraine*, comme dans celles des 25 et 26 février, 19 et 28 mars et 6 septembre 1559, 8 septembre, 7, 10 et 24 octobre, et 12, 13 et 28 novembre 1560, et dernier janvier 1562 (*Ibid. vol.* 8674, *fol.* 3, 5, 11, 15, 34, 36, 52, 59, 74, 79, 81 ; *vol.* 8676, *fol.* 2).

Ces lettres sont adressées au connétable de Montmorency (pour la plupart), ou aux maréchaux de Montmorency et d'Anville ses fils, ou à Jacques, seigneur d'Humières.

Les trois lettres, signées simplement *Françoys*, le

(1) Même signature dans une lettre de 1559, et quatre de 1562, adressées au parlement de Paris, aux princes palatins et de Wirtemberg, et au connétable de Montmorency, et publiées dans les Mémoires de Condé, T. I, p. 319 ; T. III, p. 528, 530 et 566 ; T. IV, p. 224.

7o6

sont, l'une aux consuls, et les deux autres au parlement de Grenoble.

Le duc espérait-il que ces deux autorités, étant fixées dans une province éloignée de la capitale, connaîtraient bien moins l'étiquette que les Montmorency et d'Humières, seigneurs attachés à la cour, et ne réclameraient point contre sa manière étrange de signer ?... Cela n'est pas probable, puisqu'il y avait beaucoup de gentilshommes dans le parlement de Grenoble.

Espérait-il seulement d'accoutumer les provinces à le voir agir en souverain, même dans des correspondances officielles ?... On serait en quelque sorte autorisé à le penser, surtout si l'on se rappelle que les Guises avaient souffert que divers écrivains italiens leur donnassent le nom de ducs d'Anjou qui n'appartient qu'à la maison de France (Voy. *Valincourt, suprà,* p. 12; *Mémoires de Condé, tom.* 1, *p.* 323 *et* 331), et que, sous le règne même de François II, on leur reprocha, dans divers pamphlets, de prétendre être les descendans en droite ligne de Charlemagne, et de regarder Hugues Capet comme l'usurpateur d'un trône appartenant à leur famille. — Voy. *La Place, suprà, fol.* 42; *Mémoires de Condé, tom.* 1, *p.* 471 (1).

(1) Ils renouvellèrent ces prétentions sous Henri III, dans une généalogie qu'ils publièrent en Lorraine, et où ils se faisaient descendre de Charles, duc de la Basse-Lorraine, oncle paternel du dernier roi Carlovingien. Réimprimée à Paris en 1580, et, ce qu'il y a de singulier, *avec privilège du roi,* elle

Mais, nous devons l'avouer, nous avons trop peu
de pièces du genre des trois lettres précédentes pour
présenter cette idée autrement que comme une con-
jecture abandonnée à l'investigation des savans.

DU MASSACRE DE VASSY.

Les deux lettres de François de Guise au parlement de Grenoble, surtout la seconde, peuvent four-
nir quelques documens sur les causes du massacre
de Vassy, qui fut le signal des guerres civiles-reli-
gieuses dont la France fut désolée pendant trente
ans.

D'après la permission accordée aux huguenots par
l'édit de janvier 1562, de tenir des prêches, excepté
dans les villes (Voy. *Garnier*, xxix, 420.), on en
avait ouvert un dans une grange, à Vassy, bourg
éloigné de cinq lieues, de Joinville en Champagne,
où résidait Antoinette de Bourbon-Vendôme, mère
du duc de Guise.

Selon les écrivains catholiques, tels que Garnier
(*Hist. de Velly* , xxx, 1 à 4), Antoinette sollicita
son fils, qui se rendait à Paris avec sa compagnie de

___

fut réfutée la même année dans une dissertation *manuscrite*
adressée au roi, et qu'on trouve aux mss. de Béthune, vol. 8785,
f. 98 à 103. — Voy. aussi *Varillas dans Bayle*, mot *Guise*
(*Henri*), *note* C, et *notre Histoire de Cujas* (*Paris*, 1821),
note 193. — Mêmes prétentions dans un autre ouvrage, publié
en 1559, sous le titre d'*Origine généalogique*, etc. —Voy. *Fevret*,
Bibl. histor., n° 18,874.

708

gendarmes, d'empêcher ce conventicule. Le duc le lui promit si cela se pouvait sans contrevenir à l'édit. Il passe à Vassy le 1ᵉʳ mars 1562, met pied à terre pour entendre la messe, et, sans sortir de l'église, envoie La Brosse, fils de son lieutenant, et deux pages inviter le ministre à lui venir parler. On ferme brusquement la porte aux envoyés. Ils y heurtent avec rudesse ; quelques hommes sortent et les chargent de coups. Le duc et La Brosse père accourent et sont blessés à coups de pierre. Les hommes d'armes, furieux à cet aspect, forcent la grange, et massacrent ou blessent beaucoup de monde. On varie sur le nombre ; mais Valincourt, écrivain d'autant moins suspect que sa Vie du duc de Guise est moins une histoire qu'un panégyrique, compte près de soixante personnes tuées et plus de deux cents blessées.

D'après ce récit, les protestans furent les agresseurs. On pense bien que leurs auteurs présentent l'affaire sous un tout autre aspect (Voy. *Mémoires de Condé, tom. 3, p.* 111 *à* 149); et Bayle va jusqu'à soutenir que le massacre fut prémédité. — Voy. *id.*, mot *Guise* (*François*), *note* D.

Nous examinâmes ce point d'histoire il y a quelques années. Voici le résultat de nos recherches et réflexions tel que nous le trouvons consigné dans une note manuscrite sur le passage de Garnier déjà cité.

« Après avoir lu avec attention, soit ce que dirent dans le temps Théodore de Bèze et le duc de Guise (*dans Garnier, ib., p.* 7, 49 *et* 318), soit ce que rapportent le président de Thou (*lib.* 29, *an.* 1562 ; *lib.*

34, *an.* 1563, *édit. de* 1620, *tom.* 2, *p.* 77, 78 *et* 334,)
et d'autres auteurs, et pesé les circonstances, le caractère, les intérêts, etc. de Guise, de ses serviteurs et
des protestans, je crois que Guise ne médita point
le massacre ; mais je suis persuadé, 1° qu'il ne fit
rien pour le prévenir, et qu'il n'agit que lorsque
l'affaire était très-avancée ; de sorte que l'on peut en
conclure qu'il n'était pas fâché que les protestans de
ce pays reçussent une correction qui pût éloigner
leur prêche, mais sans avoir l'intention de faire une
boucherie ; 2° que les gens de Guise furent les agresseurs ; cela est même de toute évidence. »

« Le récit de Garnier est d'une grande mauvaise
foi. »

On voit que nous n'avions pas adopté l'opinion de
Bayle sur la préméditation du massacre. Cet habile
dialecticien la fonde sur divers aveux échappés directement ou indirectement aux historiens les plus
favorables aux Guises, tels que Varillas. Selon ce
dernier, les chefs des catholiques avaient bien le
dessein d'attaquer les calvinistes ; mais, quoique à ce
dessein se trouvât joint le désir d'obliger sa mère, le
duc de Guise comptait empêcher le prêche à Vassy
sans violer l'édit, parce qu'il espérait que sa seule
présence suffirait pour dissiper l'assemblée des calvinistes.

Bayle observe, entre autres, à ce sujet, que comme
le duc ne pouvait supposer que sa seule présence dé-
tournerait des sectaires fort zélés, d'une pratique
long-temps défendue et tout récemment autorisée

par un édit, il fallait bien qu'il fût déterminé à ser de violence envers eux. Il cherche ensuite à établir que le duc voulait faire abolir cet édit, afin d'insinuer qu'un homme qui travaillait à détruire une loi ne devait pas être très-disposé à s'y conformer avec scrupule.

Si Bayle avait eu connaissance de nos lettres, elles lui auraient fourni de bien forts argumens en faveur de son système.

La première, en effet, prouve combien le duc était animé contre les protestans (*Voyez-la ci-après*, à *l'Appendice*, § Ier, n° 2).

Il l'écrivit le 25 juillet 1561, au moment où l'on venait à peine de dresser l'édit connu sous le nom de juillet, qui défendait aux calvinistes toute assemblée publique ou privée pour leurs prêches, proscrivait leurs ministres, déférait aux évêques la connaissance du crime d'hérésie..... était en un mot un véritable édit de persécution (1). Comme si le duc craignît que ces mesures violentes n'éprouvassent le plus léger retard ou le plus faible adoucissement dans leur exécution, il prend lui-même des mesures, quoiqu'un tel soin ne fût point de sa compétence, pour faire envoyer, en son absence, et par un de ses affidés, l'édit au parlement de Grenoble, et laisse une

(1) Il fut délibéré dans des assemblées tenues au parlement dès le 19 juin, et qui se prolongèrent pendant *vingt jours*. — Voy. *Garnier*, xxix, 281. — Si l'on ajoute à cela le temps qu'exigea la rédaction (V. *id.*, 282), on voit qu'il ne put guère être prêt avant le 20 juillet.

dépêche où il presse cette cour d'en hâter la publication et d'employer la force pour surmonter toute
résistance..... en un mot, pour faire en sorte que
dans peu de jours, dit-il, il n'y ait personne qui ne
vive selon l'église romaine...

Il paraît qu'il donnait en même temps, et dans le
même but, des ordres sévères à Lamothe-Gondrin,
son lieutenant, au gouvernement de Dauphiné; car,
dès le 30 juillet, Lamothe-Gondrin écrivit au parlement pour savoir s'il avait reçu l'édit (*Voy. ci-après
l'Appendice*, §. Ier, n° 5), et enfin lui envoya, dès le 13
août, son secrétaire pour lui porter cet édit (*Voy.
id.* n° 6), en le chargeant d'instructions verbales sans
doute rigoureuses, puisque cet envoi était inutile,
le parlement ayant déjà reçu l'édit directement du
ministère, comme le prouvent deux lettres, l'une du
roi, l'autre de Catherine de Médicis, des 29 et 31
juillet (*Voy. id.* n°s 3 et 4).

On sent quel parti Bayle eût tiré de cette extrême
activité du duc de Guise ou de ses affidés, à faire
publier un édit de proscription, surtout lorsqu'il
l'aurait rapprochée, soit de la rigueur qu'ils appor-
tèrent dans son exécution, puisque Lamothe-Gondrin
fit pendre un ministre et plusieurs habitans de Valence (*Voy. La Place, sup.*, p. 181; *Chorier, hist. de
Dauph.*, ij, 555), soit de la conduite du duc relati-
vement à l'édit de tolérance du mois de janvier suivant, qui, comme on l'a vu, permettait les prêches
hors des villes; conduite sur laquelle la seconde

712.

lettre de ce prince, comparée à quelques faits, fournit matière à bien des réflexions.

Elle fut écrite au même parlement, du château d'Esclaron en Champagne, le 3 mars 1562, ou le surlendemain du massacre de Vassy. (Voyez-la *ci-après à l'Appendice,* § Ier, n°7, *avec les remarques à la suite.*

Si, comme le duc l'assure et comme le répètent Varillas et autres, ce massacre fût survenu contre son intention; s'il ne fût point allé à Vassy avec des projets de violence, et enfin s'il eût voulu, au contraire, qu'on exécutât l'édit de janvier: le cœur navré d'avoir vu massacrer par ses soldats soixante personnes et blesser plus de deux cents, dans sa première démarche auprès du parlement, surtout rentrant alors en France après un voyage en Alsace (*voy. mêmes remarques*), il aurait manifesté ses regrets ou au moins son désir d'employer des mesures qui ne pussent pas donner lieu à de si funestes catastrophes, et enfin son désir aussi qu'on fît observer l'édit de janvier...

Bien loin de là, sans dire un seul mot de cette catastrophe, il s'y plaint des insolences des protestans; il invite le parlement à faire punir et châtier ceux qui seront coupables de rebellion; ajoutant qu'il a donné *ordre* et moyen à la Mothe-Gondrin de lui prêter main-forte, à ce Gondrin qui avait récemment fait pendre plusieurs calvinistes.

Enfin le duc, à qui sa qualité de grand-officier de la maison du roi imposait plus strictement qu'à beaucoup d'autres l'obligation de désirer l'exécution des

ordres de son souverain et d'y veiller dans ses gou-
vernemens, réprimande le parlement de Grenoble
d'avoir publié l'édit de janvier sans attendre le parti
que prendrait à cet égard le parlement de Paris,
qui devait, dit-il, lui servir de modèle, et qui, en effet,
avait jusque-là refusé opiniâtrement d'enregistrer
l'édit, et ne l'enregistra ensuite, le 4 ou 5 mars,
(*voy. Garnier* xxix, 443 à 477) que par provision!..
Un homme, on le répète, qui n'aurait pas prémédité
le massacre de Vassy, ou même qui en aurait eu
quelque regret, se serait-il conduit de la sorte ?...

Telles sont, sans doute, quelques-unes des observations que les lettres soumises à la société eussent
fourni à Bayle...

Quoiqu'elles soient très-fortes en faveur de son
système, nous aurions bien de la peine à nous per-
suader qu'un guerrier illustre et qui donna de nom-
breux exemples d'humanité et de générosité, tel que
le duc de Guise, eût médité de sang froid l'attaque
et le massacre de pauvres paysans sans armes et sans
moyens efficaces de défense, parmi lesquels se trouvaient beaucoup de vieillards, de femmes et d'enfans.

Mais nous ne pouvons dissimuler non plus qu'elles
donnent beaucoup de poids aux conclusions que
nous avions déjà tirées de nos premières recher
ches; savoir, que le duc ne fit rien pour prévenir une catastrophe et qu'il fut au moins coupable
d'une extrême négligence, peut-être même d'une
négligence volontaire; car on sent bien que s'il s'é-
tait seulement conformé à ce que lui prescrivaient

2

les règles les plus simples de la discipline militaire ; s'il eût, par exemple, défendu à ses soldats de s'approcher, sans un ordre formel, de la grange où se tenait le prêche, toute cette scène horrible de carnage se fût réduite à quelques injures ou à quelques rixes sans aucune effusion de sang.

APPENDICE.

§. Ier — *Pièces, ou extraits de pièces relatives aux observations précédentes, et mises sous les yeux de la Société des Antiquaires, suivies de quelques remarques.*

1. Extrait d'une lettre du duc de Guise aux consuls de Grenoble, du 8 février 1555 (1556, nouveau style).

Le duc leur donne avis que les états de Dauphiné sont convoqués pour être tenus à Grenoble le 15 mars suivant. Elle est écrite par un secrétaire et datée de Pont-le-Voy, le 8 février 1555. Au bas il y a de la main du duc,

Votre bon amy

Françoys.

2. Lettre du duc de Guise au parlement de Grenoble, du 25 juillet 1561 (1).

« Messieurs, pour ne retarder la publication de l'édit fait

(1) Les Lettres numéros 2 à 7 appartiennent à M. Champollion-Figeac, associé correspondant de l'Institut, qui a bien voulu nous permettre d'en faire usage.

sur la conclusion dernièrement prise en l'assemblée des princes, sieurs du conseil privé de Sa Majesté , et de ceux de sa cour de parlement de Paris pour obvier aux séditions qu'on peut voir préparées s'il n'y est remédié, j'ai avisé , étant contraint d'aller accompagner la reine d'Écosse, douairière de France, jusqu'à son embarquement qui se doit faire à Calais, laisser cette dépêche à un de mes gens, afin que, sitôt que ledit édit sera publié en ladite cour de parlement à Paris, il ne faille le vous envoyer pour faire le semblable de votre côté, et pour ce, messieurs, que c'est chose qui s'est faite en si grande et si honorable assemblée et avec si mûre délibération, je vous prie ne faillir, incontinent ladite publication faite en votre-dite cour de parlement, d'envoyer les copies dudit édit par tous les bailliages et sénéchaussées pour le faire entendre par tous les lieux et endroits de leurs jurisdictions ; et où il adviendrait qu'il y eût aucuns qui se voulsissent de tant s'oublier que d'y contrevenir et se préparassent d'y résister, j'écris, outre la force que lesdits baillis et sénéchaux peuvent avoir, vous en faire bailler telle et si suffisante que vous et eux soyez obéis ; à quoi , puisque c'est pour la conservation de l'autorité du roi, j'ai telle fiance en vous que je tiens pour si gens de bien, que Dieu vous fera la grâce de contenir toutes choses en si bonne paix et union, qu'il n'y aura personne dans peu de jours qui ne vive catholiquement et selon l'église romaine, ainsi qu'il a été fait par le passé. Priant Dieu, messieurs, vous donner ce que plus désirez. » De Poissy, ce 25 jour de juillet 1561.

(Plus bas de sa main)   Votre bien bon amy

FRANÇOYS.

Adresse au revers. « Messieurs, tenant la cour de parlement de mon gouvernement de Dauphiné »

Remarque. Dans la copie ci-dessus comme dans les suivantes, on n'a fait que substituer l'orthographe et la ponctuation modernes aux anciennes.

2 *

716

3. Extrait d'une lettre du roi (Charles IX) au parlement de Grenoble, datée de Saint-Germain-en-Laye, le 29 juillet 1561.

Il lui envoie l'édit fait pour appaiser les troubles (c'est l'édit de juillet) , avec ordre de le faire enregistrer, publier et observer. La lettre est signée Charles, et contre-signée par un secrétaire d'état.

4. Extrait d'une lettre de Catherine de Médicis au même parlement, datée du même lieu, le 31 juillet 1561.

C'est un avis de l'envoi annoncé au n° 3... Elle enjoint de tenir la main à ce que l'édit soit observé étroitement, car le mal presse... Elle est signée Catherine, et contre-signée.

5. Extrait d'une lettre du même parlement à Hector de la Mothe-Gondrin, lieutenant du duc de Guise, au gouvernement de Dauphiné, datée de Grenoble, le 2 août 1561.

On y répond à une lettre du 30 juillet où Lamothe-Gondrin demandait si l'on avait reçu l'édit précédent, qu'on n'en a aucune nouvelle; ce qui n'était pas étonnant, puisque l'édit n'ayant été envoyé que le 31 juillet (*voyez* n° 4) ne pouvait encore être parvenu à Grenoble.

6. Lettre de Lamothe-Gondrin au même parlement, datée de Valence, le 13 août 1561.

Il lui envoie par Faure, son secrétaire , 1° l'édit délibéré en l'assemblée de Paris sur les différends de la religion (même édit de juillet) ; 2° une lettre qu'il a reçue du roi à cette occasion. Il demande que le parlement s'accorde avec lui sur les mesures d'exécution et ajoute : « Me remettant du surplus sur ledit Faure, lequel je vous prie , messieurs, vouloir croire comme vous feriez moi-même.... » (Elle est signée de sa main).

7. Lettre du duc de Guise au même parlement, datée d'Esclaron (à quelques lieues de Vassy) le 3 mars 1562 (*voyez ci-dessous les remarques*).

« Messieurs, les plaintes que j'ai continuellement des insolences et rebellions dont usent ceux qui font profession de suivre l'église qu'ils disent réformée, me fait vous en écrire ce petit mot pour vous prier autant affectueusement que je puis d'y vouloir avoir soigneusement l'œil de votre côté et de faire punir et châtier ceux que vous trouverez auteurs et coupables desdites rebellions, au grand mépris et contemnement de l'autorité du roi et de sa justice, outre l'offense que Dieu premièrement en reçoit, chose qui ne se doit permettre. Je ne veux oublier aussi de vous dire qu'ayant été fait comme j'ai entendu un dernier édit, que vous vous fussiez bien passé de le recevoir et faire publier par delà, que vous n'eussiez vu premièrement comme la cour de parlement de Paris en aurait usé, qui est l'exemple et le miroir de toutes les autres ; dont je vous ai bien voulu avertir pour beaucoup de bonnes considérations qu'on peut avoir là-dessus, ce me semble.

Messieurs, je prie sur ce notre seigneur de vous tenir toujours en sa très-sainte et digne garde. Ecrit à Esclaron ce 3 mars.

P. S. Je sais, messieurs, que vous me pouvez alléguer que la force n'est point en vos mains pour vous faire obéir. Mais vous avez M. De la Mothe - Gondrin qui y saura pourvoir selon le pouvoir qu'il en a et le moyen que je lui en ai donné.

(Ensuite ici de la main du duc)　　Votre bien bon amy

FRANÇOYS.

Remarques. On voit que l'année manque à la date. Mais il s'agit évidemment de 1562, nouveau style. En premier lieu, il est question, dans la lettre, de l'édit dernièrement fait ou édit de janvier. En deuxième lieu, on a noté au dos *répondu le 25 mars* 1562; et comme à Grenoble l'année commençait à Noël, cela ne peut se rapporter à une année postérieure, chose d'ailleurs impossible, puisque le duc fut tué en février 1563; en troisième lieu, dans la minute de la réponse du parlement qui est jointe à la lettre, on accuse la réception de celle-ci, comme étant du 3 du présent, ce qui exclut aussi une année antérieure; enfin on s'y félicite de son retour en France, et l'on sait qu'après un voyage en Alsace pour négocier la neutralité des princes luthériens allemands, le duc rentra en France vers la fin de février 1562 (Voyez *Garnier, t.* 29, *à la fin*).

8. Nous disons, ci-devant p. 4, qu'on assure que François Ier ne souffrait pas qu'on donnât aux Guises et qu'ils prissent en France la qualité de princes, etc.

Nous citons à cette occasion le président Laplace et Bayle, qui l'a cité lui-même. Laplace (f. 64 et 65) rapporte un discours adressé de vive voix, en 1560, par Regnier de la Planche à Catherine de Médicis, où il expose que, quand le duc d'Aumale se maria, François Ier ne voulut pas permettre que sa femme fût habillée en princesse le jour de ses noces ; disant «qu'il ne voulait communiquer les honneurs qui n'appartiennent qu'aux princes du sang, à ceux de Lorraine, et que s'ils voulaient faire des (les) princes, qu'ils les allassent faire hors du royaume à leurs dépens. »

Cette assertion, répétée par Bayle, nous a jeté dans un grand embarras dont nous n'avons pu nous tirer qu'après de longues et ennuyeuses recherches. Presque tous les biographes et généalogistes, tels qu'Anselme (*Hist. généalogique de la Maison de France, iij,* 491), Moreri (mot *Lorraine-Aumale,* n° *xx*), D. Calmet, (*Hist. de Lorraine,* 1728, *préf.* , p. CLXXVII, CLXXVIII), l'auteur de la vie de Coligny (1686, *p.* 103), etc. fixent positivement le mariage du duc d'Aumale avec Louise de Brézé, fille de Diane de Poitiers, au premier août 1547 : or , François Ier était mort dès le 31 mars précédent; il n'avait donc pu rien régler sur le mariage du duc d'Aumale.

Il y a apparence que cette objection fut faite à Bayle, dont le dictionnaire ne parut qu'après la première édition d'une partie de l'ouvrage d'Anselme. Il fit consulter le célèbre généalogiste d'Hozier, et celui-ci répondit que le duc d'Aumale avait dû se marier en 1546, puisque Guillaume de Poitiers, oncle de Louise de Brézé, la nomme dans son testament du 12 mars 1546, comme déjà épouse de ce prince.

Mais comme plusieurs éditions d'Anselme (1728), de Moreri (1725) et de D. Calmet (1728), de beaucoup postérieures à Bayle, ont continué, aux passages indiqués ci-dessus, à fixer au premier août 1547 le mariage du duc d'Aumale, nous avons dû examiner avec soin ce point de critique; d'autant que, d'une part, ce sont des auteurs du plus grand poids en semblable matière, et que, de l'autre, le premier d'entre eux, Anselme, ou ses continuateurs indiquent précisément, et cela sans rien changer à la même date du premier août 1547, le testament de Guillaume de Poitiers sur lequel se fondait le généalogiste d'Hozier pour reporter le mariage à l'an 1546.

Selon Anselme, en effet (*t. 2, p.* 207), Guillaume de Poitiers fit deux testamens; le premier rapporté par Duchesne (*Preuves de l'hist. des comtes de Valentinois*), le 12 mars 1546; le deuxième, le 14 août 1547, dont il y a une copie à la bibliothèque du Roi, recueil de Gagnières, n° 1718.

Nous avons d'abord vérifié le passage cité de Duchesne, et nous avons été assez heureux pour trouver l'exemplaire qui a appartenu successivement à Pierre d'Hozier et à Louis et Charles ses fils, et qui est surchargé de leurs remarques manuscrites (il y en a, entre autres, à l'article du même Guillaume de Poitiers). Le testament y est rapporté en extrait. Après y avoir institué la fameuse Diane, sa sœur, il y fait une première substitution en faveur « des enfans que Dieu pourra donner ci-après « à Louise de Brézé sa fille, femme de illustre prince, monsei- « gneur Claude de Lorraine, marquis de Mayenne. »

Rien de plus formel que ce passage, car Claude de Lorraine fut appelé marquis de Mayenne, jusqu'à la mort de son père,

720.

en 1550, époque où il devint duc d'Aumale en remplacement de son frère aîné François, qui lui-même devint duc de Guise. Mais il restait à examiner si Duchesne rapportait exactement la date, et si cette date elle-même n'était pas fautive. Or, nous avons trouvé dans une copie du testament faite dans le temps même et placée à la bibliothèque du roi parmi les papiers de la maison de Poitiers (*cabinet des généalogies*), 1° que Duchesne a rapporté très-exactement le passage ci-dessus; 2° qu'il n'y a pas d'erreur dans la date, puisqu'on ajoute aux mots 12 mars 1546 (c'est-à-dire 1547, nouveau style), ceux-ci, *régnant très-chrétien prince François*, et François Ier ne mourut que le 31 du même mois de mars 1547.

A l'égard du deuxième testament de Guillaume de Poitiers, qu'Anselme (*D. p.* 207) dit être du 14 août 1547, et dont une copie ancienne est aussi parmi les mêmes papiers, on n'y trouve rien qui détruise l'indication positive du mariage contenu dans le testament de 1546.

Mais ce n'est pas le seul document irrécusable qui établit que le mariage du marquis de Mayenne, depuis duc d'Aumale, est antérieur à la mort de François Ier. D. Calmet rapporte un extrait des cérémonies faites aux obsèques du duc de Lorraine, François, les 15 et 16 d'août 1546, d'après l'ouvrage de Duboulai, héraut d'armes de Lorraine et témoin oculaire. On y cite les princes et princesses de la maison de Guise qui y assistèrent, et notamment Claude, marquis de Mayenne, et, à deux reprises, la *marquise de Mayenne*, qui se plaça dans les tribunes des églises de Saint-Georges et des Cordeliers.

Il est donc bien certain que leur mariage est antérieur au 15 août 1546... N'est-il pas un peu étrange que D. Calmet ait oublié cette circonstance dans sa préface du premier volume où, comme on l'a vu, il fixe le mariage au premier août 1547? ou bien peut-être la variation des dignités des Guises, car, on l'a dit, François fut d'abord duc d'Aumale, et Claude, seulement après lui, l'aura-t-elle induit en erreur, comme beaucoup d'autres biographes ?

720

§ II. *Lettres de Henri, duc de Guise, fils de François, et surnommé le* Balafré, *suivies de quelques remarques.*

N. B. Nous avons trouvé les trois lettres suivantes en faisant les recherches dont l'extrait est ci-devant. Elles nous ont paru si curieuses par l'esprit et l'énergie que le duc de Guise y montre, quoiqu'à peine âgé de six ou sept ans (1), que nous les avons copiées et communiquées à la Société royale des Antiquaires à la suite des observations relatives aux lettres de François, duc de Guise, père, et la Société a arrêté qu'elles seraient publiées en même temps que celles-ci. Nous nous bornerons à y joindre des remarques pour l'éclaircissement de quelques passages (ceux qui sont en italiques).

Au reste, ces lettres sont adressées par Henri à François son père, qui était passé en Italie à la fin de 1556 et en fut rappelé vers le mois d'août 1557 après la funeste journée de Saint-Quentin; elles sont en original dans les manuscrits de Gagnières, B. R., vol. 348, f. 151, 153 et 157.

Première lettre du Balafré.

MONSEIGNEUR,

Je me recommande très-humblement à votre bonne grâce. Je suis bien aise d'avoir entendu que vous vous portez bien et que avez passé les Monts en bonne santé, de quoy j'en remercie Dieu qui lui a pleu vous bâiller si bonne fortune que d'être passé en bonne santé et en bonne prospérité. S'il vous plaist entendre de nos nouvelles, de ce que nous avons faist depuis votre partement de la cour; nous avons fait bonne chière et tant couru de lièvres que les paiges laissaient les *croustes* pour manger le

(1) Il était né le 31 décembre 1550 (Voy. *Moreri*, mot *Lorraine-Guise*, n° xxj), et les Lettres sont de janvier, avril et octobre 1557.

7 22

dedans et vous asseure qu'ils n'avaient point mal aux dents. Monsieur *des Fossés* m'a donné des levrettes qu'il n'y en a point de meilleures à la cour. *Je les avons* fait courir à la Muette avec madame de *Castre*, et luy avons *perdu le collier*, mais elle courait plus fort que ses levriers; et ce jour-là nous nous trouvâmes à la mort du cerf, où le roi me donna le pied du cerf pour mon *droit qui portait quatorze*. Mais j'en avons *veu devant* plus de cent et vingt. Mais depuis ce temps-là j'avons été en grand danger, car le jour des Innocens nous a fait belle peur, car *madame Isabeau* était venue pour nous *donner les innocens*, mais j'étions déjà levé, et le *duc de Bavière* qui est venu aussi pour nous les donner a esté bien estrillé; et si je les avons donnés à *monsieur de Lorraine* dedans son lit. Je ferons bon guet à l'advenir de peur des coups. Je suis devenu un peu bon et ne s'en fault guières que nous ne soyons d'accord. Le *petit père* me vient toujours quereller, mais je le bourre bien. Le roi nous a promis des hacquenées à moy et à mon cousin, mais je ne les tenons pas encore.

Monseigneur, après vous avoir averty de la bonne santé de monseigneur le cardinal *mon oncle*, je vous présenteray mes très-humbles services vous suppliant très-humblement que si vous voyez monseigneur *mon grand-père* et madame ma grand'mère à Ferrare, que je leur présente mes très-humbles recommandations à leur bonne grâce. De Saint-Germain ce *jour des Innocens*.

Votre très-humble et très-obéissant fils,

LE PRINCE DE JOINVILLE.

Seconde Lettre.

MONSEIGNEUR,

J'ay à cette heure encore un beau petit frère que madame ma mère m'a fait à Nanteuil incontinent que je fus parti pour aller à Reims avec monsieur mon oncle. On m'a dit que c'est bien le plus beau et le plus gras du monde. J'ai ouy de beaux sermons que monsieur mon oncle a faits à *Reims*, mais je vous promets que je ne les saurais raconter tout du long, car ils étaient si très-longs qu'il ne m'en souvient pas de la moitié. Il m'a fait porter son aumusse devant luy et m'a demandé si je ne voulais pas être chanoine à Reims; mais je lui répondis que j'aimerais mieux être auprès de vous pour rompre une lance ou une épée sur quelque brave espagnol ou bourguignon, pour éprouver si j'ay bon bras, car j'aime mieux escrimer ou rompre lance que d'être toujours enfermé dans une abbaye avec le froc. Monseigneur, j'ay vu *ma sœur* et ma cousine *d'Aumale* aussi qui sont bien saiges et bien jolies. Elles m'ont prié vous présenter leurs très-humbles recommandations à votre bonne grâce et à tous messieurs mes oncles aussi. Madame ma grand'-mère a fait ses pâques à Reims avec monsieur mon oncle, et puys elle est venue trouver madame ma mère à Nanteuil, laquelle se porte fort bien, dieu mercy. Il y a un beau jeu de paille-maille à Nanteuil que madame y a fait faire. J'ayme bien *mon frère Charles* et *mon frère Louis*, car ils sont les plus jolis du monde. Mais je ne sçais quand j'aurai veu mon *petit frère*, lequel j'aimerai mieux. Je serai leur gouverneur et leur apprendrai leur cour. L'on m'a dit que le *Roy de Navarre* sera parrain de mon petit frère, je ne sçais encore quel nom il lui donnera. Mon *cousin* a été malade à Nanteuil, mais il se porte fort bien maintenant et est de retour à la cour.

Monseigneur, le chanoine est venu à Nanteuil veoir madame ma mère. Il a deux bonnes levrettes qui sont à vous s'il vous plaist les recevoir. Je les vous garderai jusques à votre retour. On avait dit à madame ma grand'mère que j'étais opiniâtre, mais Des Fossés fait bien veoir du contraire; car si je l'étais il ne m'épargnerait pas le *bois de Brillon*. Madame ma *tante d'Elbœuf* est à Nanteuil qui se porte fort bien et m'a prié vous faire ses très-humbles recommandations à votre bonne grâce et à tous messieurs mes oncles. *Brusquet* a été ce matin.

à notre lever, je vous promets, plus plaisant que jamais, et *Suc* qui lui a bien fait la guerre ; et si ne se fût bien contenu, il luy eût décousu ses chausses.

Monseigneur, la faim nous presse d'aller dîner ; qui me gardera de faire une lettre si longue. Je vous promets que j'avons bon appétit.

Monseigneur, je supplie le créateur vous donner en parfaite santé très-longue et très-heureuse vie, prompt retour par deçà, comme madame ma mère le désire et moi aussi. Mon cousin et moy nous recommandons très-humblement à votre bonne grâce et à tous *messieurs nos oncles.* De Villers-Coterets ce 27 d'avril.

> Votre très-humble et très-obéissant fils,
>
> LE PRINCE DE JOINVILLE.

Troisième lettre.

MONSEIGNEUR,

J'ai entendu que vous êtes en chemin pour vous en *revenir*, de quoi je suis merveilleusement aise et madame ma mère qui vous désire bien en ce lieu. Vous la trouverez se portant très-bien, Dieu mercy, et aussi mes petits frères et ma sœur qui sont venus ici attendre votre bienvenue. J'espère vous donner le plaisir de trois bonnes levrettes et un lévrier qui ne se laissent rien échapper devant. Nous avons pendu le collier au Roy qui l'a perdu contre nous et s'il vous plaira à votre arrivée nous le vous pendrons et crois que vous ne le gaigneriez pas. Cependant je prie le Créateur qu'il vous doint monseigneur en très-bonne santé très-longue et très-bonne vie, et moi la grâce de vous voir bientôt en la bonne prospérité que je désire. De St.-Germain ce 2 d'octobre 1557.

> Votre très-humble et très-obéissant fils,
>
> HENRY DE LORRAINE.

REMARQUES SUR CES LETTRES.

1. *Page* 25. — Les pages laissaient les *croustes...*, Nous n'avons point trouvé l'explication de ce terme dans Dufouillous (édition de 1585 in-4°) et autres anciens auteurs qui ont traité de la vénerie; mais en faisant attention aux expressions suivantes *pour manger le dedans*, il est à présumer qu'il s'agit de la tête, des pieds, en un mot des parties les moins délicates, et qu'à raison de l'abondance de la chasse, on avait permis cette fois aux pages de manger les filets, etc.

2. *Page* 26. — M. *Des Fossés...* Il paraît qu'il s'agit de son instituteur en vénerie (Il faut se rappeler que son père était grand veneur... *Voyez* ci-devant, *p.* 6).

3. *Page* 26. — *Je, avons...* Les littérateurs de cette époque avaient abandonné cette association étrange du singulier et du pluriel : mais nous l'avons trouvée dans les lettres de plusieurs princes et seigneurs, et même dans une lettre écrite en 1573 par Charles IX, dont on connaît le goût pour la littérature (Voyez *manuscrits de Béthune, vol.* 8676, *folio* 65).

4. *Page* 26. — Madame de *Castre...* Diane, fille naturelle de Henri II, veuve d'Horace Farnèse, duc de Castro.. Elle fut remariée le 3 mai 1557, quatre mois après la lettre, à François, duc de Montmorency, fils du connétable.

5. *Page* 26. — *Lui avons pendu le collier...* Nous n'avons rien trouvé sur ce point dans les auteurs indiqués au n° 1. Il paraît, en combinant cette lettre et la 3e (*V.* ci-devant, pag. 28), que c'était un jeu de chasse qui consistait à attacher un collier à l'un des chasseurs, et que celui-ci le gagnait s'il ne se laissait pas atteindre à la course des chevaux, et le perdait dans le cas contraire.

6. *Page* 26. — *Le pied du cerf pour mon droit qui portait quatorze....* Il entend ici par *son droit*, le cerf qu'il poursuivait directement, car c'est le terme par lequel on les désigne pour les distinguer des cerfs qui donnent le change, croisent, s'écartent, etc. — *Voir Dufouilloux, suprà, fol.* 33....

7. *Page* 26. — *Qui portait quatorze....* Ceci désigne un cerf de six ans, qui doit *porter* 12, 14 ou 16 cornettes ou ramures à son bois. — *V. Dufouilloux, f.* 19, v°.

8. *Page* 26. — *J'en avions vu devant....* Ce sont les cerfs qu'on a fait partir, mais qu'on ne poursuit point. — *V. Dufouilloux, ib., f.* 29, 31, 33, etc.

9. *Page* 26. — Madame *Isabeau....* Elisabeth ou Isabelle de France, fille de Henri II, née le 13 avril 1545, mariée le 22 juin 1559 à Philippe II, roi d'Espagne. (Bouchet, *annal. d'Aquitaine,* dit qu'elle fut baptisée sous le nom d'*Isabeau*).

10. *Page* 26. — *Donner les Innocens....* « C'était anciennement donner le fouet par plaisanterie, le matin du troisième jour après la fête de Noël, qu'on nomme le jour des *Innocens* (28 décembre). »

« Cette coutume d'infliger une punition sans motif avait été introduite en mémoire du massacre des enfans du territoire de Bethléem, ordonné par Hérode. » — *Dictionnaire des proverbes français (par M. La Mesengère), 1821, p.* 236.

11. *Page* 26. — *Le duc de Bavière....* Comme presque tous les princes des branches nombreuses de la maison de Bavière prenaient le titre de *ducs de Bavière,* il est difficile de savoir précisément quel est celui qu'on désigne ici. Nous présumons qu'il s'agit de Guillaume V, de la branche de Munich, né en 1548 et marié en 1568 à Renée, fille de François, duc de Lorraine, et sœur de Charles II dont on va parler.

12. *Page* 26. — *A monsieur de Lorraine...* C'est sans doute Charles II, duc de Lorraine, né en 1543, frère de Renée (*voyez* n. 11), et cousin issu de germain du Balafré.

13. *Page* 26. — *Le petit père*... Probablement son précepteur.

14. *Page* 26. — *Le cardinal mon oncle*..... Le cardinal Charles, dont on a parlé ci-devant pag. 5.

15. *Page* 26. — *Mon grand-père et ma grand'mère, à Ferrare*.... Hercule d'Est, duc de Ferrare, et Renée de France, son épouse, fille de Louis XII... Leur fille, Anne d'Est, avait épousé, le 4 décembre 1549, François de Guise.

16. *Page* 26. — *Ce jour des Innocens*.... Il y a une erreur dans cette date. D'une part, la tournure de la lettre montre qu'elle a dû être écrite après le jour des Innocens, ou après le 28 décembre 1556; et, de l'autre, François n'étant parti pour son expédition d'Italie qu'à la fin de ce mois (*Voy. Garnier*, xxvij, 300), on ne pouvait avoir encore des nouvelles de son passage des Monts... Peut-être est-ce le jour de Saint-Vincent, ou 22 janvier 1557 (nouveau style), que le Balafré aura voulu mettre.

17. *Page* 26. — *Le prince de Joinville*.... Henri II avait érigé en principauté la terre de Joinville, dès 1552, en faveur de François de Guise. Son fils aîné en porta le titre pendant la vie de François. Cette lettre et la suivante sont les seules où, sans doute, faute d'expérience, le Balafré signa d'un nom de dignité, contre l'usage de sa maison.

18. *Page* 27. — *A Reims*... Le cardinal de Lorraine (*Voy.* ci-devant p. 5) était archevêque de Reims.

19. *Page* 27. — *Ma sœur*... Catherine-Marie de Lorraine-Guise, née le 18 juillet 1551, mariée en 1570 à Louis de Bourbon, duc de Montpensier, et si connue par sa haine furieuse contre Henri III, au temps de la ligue.

20. *Page* 27. — *Ma cousine d'Aumale*.... Catherine de Lorraine-Aumale, fille de Claude (*Voy.* ci-devant page 55),

née le 8 octobre 1550, mariée en 1569 à Nicolas de Lorraine, duc de Mercœur, son oncle, à la mode de Bretagne.

21. *Page* 27. — *Mon frère Charles....* Le fameux duc de Mayenne, né le 26 mars 1554.

22. *Page* 27. — *Mon frère Louis...* Le non moins fameux cardinal de Guise, massacré à Blois en 1588, né le 6 juillet 1555.

23. *Page* 27. — *Mon petit frère...* Cet enfant mourut en bas âge.

24. *Page* 27. — *Le roi de Navarre...* Antoine de Bourbon, père de Henri IV.

25. *Page* 27. — *Mon cousin...* Ce doit être Henri de Lorraine-Aumale, comte de Saint-Vallier, né en 1549, mort en 1559.

26. *Page* 27. — *Le bois de Brillon...* C'était sans doute une pénitence que le Veneur infligeait à ses élèves.

27. *Page* 27. — *Ma tante d'Elbœuf....* Louise de Rieux, mariée le 3 février 1550 à René de Lorraine, marquis d'Elbœuf, frère de François de Guise.

28. *Page* 27. — *Brusquet...* Fameux bouffon de François Ier.

Ibid. Page 28. — *Stic....* C'était apparemment un autre bouffon de cour.

29. *Page* 28. — *Messieurs nos oncles...* Le duc de Guise avait emmené avec lui en Italie plusieurs de ses frères, entre autres le duc d'Aumale. — *Voy. Garnier, xxvij,* 319 et 389.

30. *Page* 28. — *Pour vous en revenir...* François arriva à Saint-Germain-en-Laye vers le milieu d'octobre. — Voyez *De Thou* ad ann. 1557, lib. 19.

SUPPLÉMENT AUX OBSERVATIONS

Sur plusieurs lettres inédites de François et Henri, ducs de Guise; par M. BERRIAT-SAINT-PRIX.

LES remarques n°ˢ 31 et suivans ont été recueillies depuis l'impression des pages 133 à 162 du tome IV, où sont les trente premières (avec les lettres des Guises); communiquées à la Société des Antiquaires les 29 octobre et 9 novembre 1822, et insérées au même tome IV, pages 485 à 493.

31. *Pages* 11 et suivantes.

Nouvelles observations sur le massacre de Vassy.

Nicole Pithou, avocat à Troyes, frère cadet des célèbres Pierre et François Pithou, et pourvu en 1572 de la charge de bailli du comté de Tonnerre, dont la nouvelle des massacres de la Saint-Barthélemi l'empêcha de prendre possession (il était protestant et il s'enfuit en Allemagne avec sa famille), a laissé une histoire, encore inédite, de l'église réformée de Troyes, qui forme le volume 698 des manuscrits Dupuy. Grosley, dans sa vie des frères Pithou (*Paris*, 1756, 2 *vol. in-*12), après avoir fait l'éloge des talens et des vertus de Nicole, parle de son histoire ecclésiastique, et ajoute (*T.* I, *p.* 76) qu'il est presque tenté de copier les détails dans lesquels Nicole y entre sur la véritable cause du massacre de Vassy....; que le président de Thou est le seul qui paraisse ne pas l'avoir ignorée, mais qu'il s'en faut qu'il l'ait exposée avec autant d'étendue, de netteté et de précision que Nicole; que, suivant le

récit de ce dernier, « le massacre de Vassy *fut pro-*
» *voqué par les Calvinistes,* et par un manque total
» de respect, de leur part, à l'égard de l'évêque de
» Châlons. »

Cette remarque de Grosley est d'une mauvaise
foi révoltante; mais, comme s'il s'en fût aperçu lui-
même, il ajoute aussitôt une phrase obscure d'où
l'on pourrait induire qu'il avait été forcé d'exposer
le contraire de ce qu'il pensait. « Pour, dit-il, en
« rejeter la cause sur les catholiques, il faudrait
« supposer que l'évêque de Châlons aurait dû tolérer
« des assemblées que le roi venait d'autoriser par
« son fameux édit de janvier 1561 (1562, nouveau
« style).» Puis s'excusant sur ce que *tout* cela est
étranger à son sujet, il passe à autre chose.

Il n'est personne qui ne s'empressât de répondre
à Grosley, que, sans contredit, l'évêque aurait dû
tolérer les assemblées, à moins que Grosley ne pensât
que la puissance d'un évêque ne fût supérieure à
celle du roi, manifestée par un édit.

Mais voyons si, en effet, comme il le dit, le massacre de Vassy fut, au rapport de Nicole Pithou,
provoqué par un manque total de respect des Calvinistes envers l'évêque de Châlons.

Observons d'abord que l'histoire ecclésiastique
de Nicole est rangée par ordre chronologique, que
son travail ne consiste en un mot que dans des espèces
d'annales.

Au livre septième, qui embrasse les événemens
de l'an 1561, vieux style, c'est-à-dire commen-
çant à pâques 1561 et finissant à pâques 1562, nouveau

style, Nicole raconte, feuillet 158, que le duc de
Nivernais (alors comte d'Eu), gouverneur de Champagne, arriva à Troyes à la fin de novembre 1561.
L'évêque de Troyes Caracciole (Caraccioli), qui s'é-
tait fait ministre, voulut aller prêcher dans la grange
des Calvinistes le 23; les catholiques le dénoncèrent
au duc, qui se contenta de le prier de ne pas
prêcher. Le lendemain 24, Caracciole assista au
prêche (sans prêcher); et, sur les nouvelles plaintes
de quelques catholiques, le duc se borna à répondre
qu'il était chargé d'exposer les édits du roi......
Voilà ce que Nicole rapporte des faits de novembre 1561.

Sur-le-champ (feuillet 159), il dit que les fidèles
de Vassy n'ayant pas de ministre, en obtinrent
un, pour la deuxième fois, de l'église de Troyes,
nommé Gravelle, qui se rendit à Vassy *le* 13 *dé-*
cembre 1561. Le 16 ou le 17, l'évêque de Châlons,
Jérôme Burgensis, accompagné d'un moine docte,
se rendit à Vassy par le conseil du cardinal de
Lorraine. *Le* 18 *décembre*, il alla au sermon de Gravelle. A peine celui-ci commençait sa prière pour
prêcher, que l'évêque l'interrompit, annonçant qu'il
venait comme évêque de Châlons, et par conséquent
de Vassy. Le ministre le pria de le laisser continuer, l'invitant à prendre la parole après lui, s'il
trouvait quelque chose à reprendre à sa doctrine.
L'évêque l'interrompt de nouveau par la même
annonce. Alors Gravelle lui dit qu'il s'ébahit de
ce qu'il veut les empêcher de prêcher en ce lieu,
vu que le roi et le gouverneur le permettent. Après

732

cela nouvelle interruption, puis une discussion de théologie entre l'évêque et Gravelle, que Nicole détaille au même feuillet 159, au 160ᵉ et au commencement du 161ᵉ; discussion où, d'après le récit de Nicole, à la vérité suspect à cause de ses opinions, l'évêque n'eut pas l'avantage, et à la suite de laquelle il se retira. Alors des cerveaux échauffés, comme il y en a dans toute assemblée, ne purent se tenir de crier : *au loup*, *au renard*, *à l'âne*, *à l'école.*

Nicole ajoute (feuillet 161) que Gravelle, après avoir administré la cène à Vassy le jour de Noël, s'en revint à Troyes le lendemain (26 décembre).

Ainsi, il est d'abord clair, par le récit de Nicole, que l'évêque ne se plaignit pas, puisqu'il laissa le ministre exercer ses fonctions encore pendant huit jours (du 18 au 26 décembre), quoique, d'après les dispositions de l'édit de juillet précédent (*Voy.* ci-*devant* page 14), il eût pu commencer ou au moins provoquer des poursuites.

Mais d'ailleurs, s'il en eût commencé ou provoqué, il n'aurait pu les continuer, puisque, presque aussitôt après, ou au mois de janvier 1561, vieux style, et 1562, nouveau style, fut rendu le fameux édit de janvier, que rapporte Nicole, feuillet 162 et suivans, et *qui permet aux réformés de s'assembler de jour hors des villes pour faire leurs prêches et prières, et défend à toutes personnes, de quelque état qu'elles soient, de les y troubler* (Voyez aussi ci-devant *pages* 11 *et suivantes*).

D'autre part, les députés des réformés qui se

trouvaient à la cour publièrent, en février, et envoyèrent à toutes leurs églises un avis pour les exhorter à obéir à l'édit et à en faciliter l'exécution. Nicole le rapporte, feuillets 165 et 166.

Après cela il raconte, même feuillet 166, à la fin, qu'à Troyes « nouvelles arrivèrent *le 2 mars* « au matin comme les fidèles de l'église de Vassy, « distant de Troyes d'environ 14 ou 15 lieues, estant « assemblés sans armes à leur façon accoustumée « en une grange dedans la ville, avaient esté le « jour précédent (1er mars) les ungs très-inhumai- « nement, et cruellement massacrés et les aultres « fort et griefvement blessés, sans aulcung respect « d'aage ni de sexe par ceux de la suite du duc « de Guyse, François de Lorraine, authorisés par « sa présence. » Il ajoute que les fidèles de Troyes leur envoyèrent un chirurgien qui rebroussa chemin, parce que, dit-il, il avait été averti en route que ceux de Vassy avaient des chirurgiens.

Nicole finit là son 7e livre, feuillet 167. Il ne dit plus rien du massacre, si ce n'est au commencement du 8e livre, où il se borne à rapporter que cela causa une grande frayeur aux fidèles de Troyes, parce que le bruit était que les massacreurs s'y acheminaient.

Quoi qu'il en soit, où voit-on dans tout ce récit la moindre circonstance d'où il puisse résulter que le massacre de Vassy fut, comme l'avance Grosley, provoqué par un manque total de respect des Calvinistes envers leur évêque? D'abord, l'évêque s'était attiré, par son imprudence et son obstination, les propos que rapporte Nicole; et ensuite, ce qui tranche toute difficulté, les propos avaient été tenus le 18 *décembre*, et le massacre eut lieu le 1er mars suivant, ou *soixante et douze jours après*.

Le duc de Guise n'avait d'ailleurs aucune qualité, ni pour les punir, ni pour les juger. L'édit de juillet recommandait la paix; il n'appartenait pas au duc de la troubler, et encore moins après l'édit de janvier suivant. Quoique celui-ci ne fût pas encore enregistré (*Voy.* ci-devant page 17), ce n'était pas à un serviteur de la couronne à l'enfreindre; et enfin, le duc, on le répète, n'avait absolument aucun droit de venir s'immiscer dans les affaires de la religion, dans aucun lieu, et surtout en Champagne, où il n'était pas gouverneur. D'autre part, on voit combien est fausse la réflexion de Grosley, rapportée ci-devant page 34; car, quel rapport y a-t-il entre le droit qu'avait ou n'avait pas l'évêque de tolérer ou empêcher les assemblées des protestans, et le massacre de Vassy? l'évêque avait-il requis, et en aurait-il eu d'ailleurs le droit, et le duc de Guise aurait-il pu déférer à ses réquisitions? l'évêque, disons-nous, avait-il requis le duc de dissoudre l'assemblée de Vassy?... et, en supposant que les protestans de Vassy eussent manqué de respect à l'évêque le 18 décembre, est-ce que cela aurait suffi pour autoriser à les massacrer le premier mars?.... On conçoit que, si le manque de respect avait eu lieu le premier mars et eût irrité les soldats du duc de Guise, on pourrait dire que les protestans avaient provoqué leur malheur.

Mais le dire, lorsque d'après le récit sur lequel on se fonde, le manque de respect avait précédé de soixante et douze jours le massacre, et lorsque l'évêque n'était pas même présent au moment du massacre.... en vérité, nous ne savons comment qualifier cette allégation de l'historien des frères Pithou.

32. *Page* 26. — *Madame de Castre*.... Nous avons dit au n° 4, p. 29, qu'il s'agit de Diane, fille naturelle de Henri II. Il en est question dans un procès-verbal, dressé par le parlement de Paris, sur l'entrée solennelle que la reine Catherine de Médicis fit à Paris, au mois de juin 1549, deux années après l'avénement de son époux au trône de France. Parmi les personnes qu'on y nomme, comme placées auprès de la reine dans les diverses cérémonies de l'entrée, on trouve, à trois reprises différentes, la même Diane, alors à peine âgée de dix ans, et qui y est désignée en ces termes : MADAMOISELLE LA BASTARDE DU ROI (*V. mss. Dupuy*, vol. 662, fol. 143, 146 et 147). Ce voisinage paraît d'autant plus singulier, du moins dans nos mœurs actuelles, que Diane était née six ans après le mariage de la reine (*Voyez Moreri*, mot *France*, n° de *Henri II*).

33. *Page* 26. — Voici une preuve décisive que le Balafré a commis, dans sa première lettre, l'erreur de date que nous avons déjà indiquée au n° 16, p. 31, où nous avons observé que la date réelle devait être postérieure au 28 décembre, *jour des Innocens*, parce qu'il était impossible que ce jour-là il eût appris le passage de son père au-delà des Alpes. Nous voyons en effet, par les registres mss. du conseil de la ville de Grenoble, que le duc de Guise passa dans cette ville pour aller en Italie, vers le 17 du même mois de décembre ; qu'il y fit une entrée solennelle avec son épouse ; qu'ils s'y arrêtèrent plusieurs jours, et que le 30 ils étaient à peine à Montmélian, ville où le conseil envoya ce jour-là un messager au

duc. Ainsi il est clair que, le 28, son fils ne pouvait, dans une lettre écrite à Saint-Germain-en-Laye, le féliciter de son passage au-delà des monts.

Puisque l'occasion s'en présente, nous rapporterons, d'après les mêmes registres, que le conseil, pour se conformer à l'usage où étaient alors les villes de faire des dons aux gouverneurs à chaque entrée, arrêta, le 11 du même mois, d'offrir cette fois au duc, 1° cinq ou six sommées ou charges d'avoine ; 2° deux tonneaux de vin, l'un blanc et l'autre clairet, chacun de deux charges et demie (la charge de Grenoble équivalait à peu près à un hectolitre), qui furent payés à raison de deux écus d'or sol la charge.

A l'égard de la duchesse, comme on ne lui avait fait aucun don à sa première entrée, en 1548, année de son mariage, et qu'aux premières entrées les dons devaient être beaucoup plus considérables, on délibéra, le 16, de lui offrir une médaille d'or valant 200 écus, y compris la *facture d'icelle.*

Mais faute de temps, ou peut-être d'artiste, la médaille ne fut pas prête, et, le 21, on décida, pour parachever le don, d'y substituer trois mulets, dont le prix arriva à la même somme (*Voir dd. Reg. mss.* 11, 16, 21 et 30 déc. 1556, et 9 mai 1557).

N. B. L'écu d'or sol valait alors 46 à 48 sous (*Voir id.,* 4 juillet 1550 et 9 mai 1557).

34. *Pages* 26 *et* 3o. — *A Monsieur de Lorraine*........ On peut être surpris de voir le jeune duc de Lorraine à la cour de Henri II ; mais nous apprenons, par le continuateur de Bouchet, auteur contemporain, qu'en avril 1551 (1552, n. st.), Henri II, lors de son expédition de Lorraine, s'était saisi de ce duc, à peine âgé de huit ou neuf ans, et l'avait fait envoyer à Paris pour y être élevé avec le dauphin.—*V. id. Annales d'Aquitaine,* p. 628, édition de 1644. (C'est celle que nous avons citée ci-devant p. 3o, n° 9.)

Imprimerie de J. Smith.

738

729

740

www.ingramcontent.com/pod-product-compliance
Lightning Source LLC
Chambersburg PA
CBHW060841180626
46818CB00004B/1532